歌集

銀色の「1」

須藤冨美子

青磁社

＊目次

須藤冨美子歌集

銀色の「1」

紙ひこうき

十歳

紙ひこうきすいっと飛ばせる少年の背中にゆれる葉桜の影

朝ごとに太るゴーヤーのいぼいぼを指にさすりて水やりする子

じゃがバター焼き幸せそうに食べる児よ嫌いな給食がんばったんだ

箸づかい変よと母に注意され少年黙すしかし直さず

小学校の菜園に採れたじゃがいもと小さな三粒児は差し出せり

生き甲斐にしては居らねど淋しかり少年の居ぬ冬の日溜まり

誕生日プレゼントだと五百回の肩たたき貰う十歳の手の

キッチンの電灯のカバーに透きて見ゆ去年死にたる小さな虫かげ

大好きな祖父に叱られ少年は無言に寄り来て背に面伏す

二十三センチの足裏見せて縁側に十歳の子が新聞読み居り

少年に祖父母の重圧あるらしきストーリー作りて独りに遊ぶ

母を恋いつつ牛若丸が棲みしとう跡に佇む土が匂えり

鞍馬山の大天狗の面の鼻の下少年立ちおり腕組みをして

恐竜展

恐竜は大きいのがいいチュアンジェサウルスの骨の大きさを見る

成体一つ幼体三十四の巣の化石　子育てをした恐竜もあり

うすき羽と目玉と尾と足そのままに化石となりしトンボ見ている

寿命ほぼ全うしたる「スー」の化石　骨折の跡と病歴あると

学名は「静かに眠る」恐竜の化石は手足丸めていたり

進化して鳥になりたる恐竜の化石小さし手に乗るほどに

エリーゼのために　十一歳

柔らかき音に男の子がピアノ弾く「エリーゼのために」消えてゆく音

ガッツポーズ小さくしたり少年は「エリーゼのために」弾き終えしとき

月がきれい児がぽつり言う塾帰り十一歳の心を見せて

一・五センチわれより大きい靴を履く児の揉みくれる年末の肩

噴水の側のブックフェア巡りゆき童話七冊買ってしまいぬ

病おして職場に向かう娘《こ》の背中命の保証を誰もせぬのに

家中の予定をしっかり書いておく縦軸横軸絡まぬように

吊り革に摑まりて見る街の灯のどこかにフェアリーいる気配する

爺犬・孫犬

ランドセルに防犯ブザーつけているどの児もどの児も屈託のなく

ふるさとが割れてしまいぬ田の真中を横切っている高速道路

シベリアの捕虜の時代の話する国語教師に短歌習いき

「いいなずっと家に居られて」ドア開けて登校する児が振り向きて言う

戌年が二人いる家よく似たる爺犬と孫犬将棋さしおり

「春蘭」を「じじばば」と言う故郷の美しからぬ言葉温《ぬく》とし

児とはしゃぎ噴水のへり巡りつつ夢の途中のごとくに思う

夕光《ゆうかげ》に折り鶴の影卓に伸ぶ親しき死者のひとり増えたり

「あった」

十二歳

わが背丈越えし少年と駅までを影並べゆく桜の下に

四段の人間ピラミッド出来上がり一番下のうちの子頑張る

騎馬戦の女子は果敢に攻めてゆくやがては母となるかこの子ら

後からわっと誰かに抱えらる何だ軽いやと児が言いにけり

ランドセル下ろして一気に麦茶飲む辛かったことを少年は言わず

「ひったりぃ」声に言いつつ背に張りつく児は十二歳ずっしり重い

百科辞典のようなテキスト二冊入れ塾鞄の背は塩吹いている

夏休みの少年とゆく朝の散歩ふれ合う肩に高さの差あり

ぼそぼそと何か言いつつ遊びいるこのひとりっ子さわぐことなし

少年と祖父とが遊ぶキャッチボール長き夏休み明日で終わる

夕食の弁当塾に届けきて夜のデパート巡るときめき

駅前の不二家閉店通るたび手触れて過ぎしペコちゃんも消ゆ

変声期か風邪引きのような声をして〈俺〉と言う児を離れてながむ

降りそうな空を見上げて下校待つ降っても迎えはいらぬという児

上靴がはみ出している靴袋六年間を児と通学す

願書出しに朝の坂道上りゆく児の志望校は坂の上なり

「あった」と思わず小さく声に出ぬ受験番号四十九番

すきとおる春の昼月　児の入試終わりて戻る家族の時間

家計簿の一年の集計に笑いたりわが家の胃袋満たした数字

亀の子たわし

昭和二十年が一年生なりきわが歌には戦後の匂いす老いゆくほどに

わがために母が手織りし白絹を染めずに箪笥に眠らせておく

母がいつも見ているようでキッチンに亀の子たわし一つ置いておく

折に立つ陽炎のように現れて母が見ておりわが暮らしぶり

山門の左右に眼を光らせて仁王は互いに見合うことなし

長きこと児を育みし電子ピアノ空に浮きおりクレーンに吊られ

唐辛子　　　　　　　　十三歳

履き慣れぬ革靴はきてペンギンのように出でゆく新中学生

詰め襟に肩掛けかばん白じろと古き時代のような中学生

うちの子がどれか判らぬ真っ黒の詰め襟の行列長々つづく

バレー部のジャージは赤で「似合わねぇ」照れつつ行けり唐辛子少年

声太くなりし少年のお喋りが頭上より降る肩揉みくれて

鼻梁すこし高くなりしか少年の眼鏡はずした横顔を見る

鍵盤打つ指強くなり少年のピアノの音に深み出で来し

「話聞いてよ」口を尖らす十三歳そろそろ来たかな反抗期かな

足くみて新聞読みいる少年の産毛がひかる晩夏《おそなつ》の朝

男同士でどんな話をしているや祖父と少年旅に出でたり

パソコンの特訓二時間孫に受け書き上がりたり私の一文

五時間で三十キロを歩きしと胸張る十三歳の額のニキビ

これ以上良くはならぬと医師に言われ突発性難聴につき合いて生く

立ち止まり考えている犬ありき迷い犬かな夕べの道に

銀色の「1」

十四歳

「生きてるよ」合宿の子よりメール来る言わねど辛き事があるのか

ユニフォームの背番号は1　銀色のキャプテンマーク胸に光れる

バレーボール語る少年の口の端にキャプテンの重さほろっと零る

魚野川の流れは速し残雪の八海山を橋の上に見る

宮柊二記念館

軍服が展示されおり館内に山西省の戦場の匂い

千葉県からと言えば館長立ちて来て柊二の遺品の説明しくるる

八海山駒ケ岳中ノ岳眼の前に若き柊二に近づいてみる

坐ったまま眠りいるらし右側に少し傾きゴリラ動かぬ

小枝使い歯を掃除するゴリラいて長く見おれば横目にちらり

平和的にボスの交代するというゴリラはやはり私の好み

岩に座り頭に布を被りしはムサシだゴリラの肩の頼もし

六頭のゴリラは各々距離保つ夕陽に染まる秋のゴリラ舎

浦和風信子荘

こんな書斎欲しいと思う道造の風信子荘は無垢の木造り

立原道造の直筆文字の詩を読みぬ推敲跡も瑞々しくて

ワクチンを受けられなかった世代があった

麻疹に注意東京大学入口に張り紙がある　学生入り行く

九十分並びて見たり顔の皮膚そのままに在るインカのミイラ

生きているように座れる父子のミイラ揃いの帽子に三つ編みの髪

身分あるミイラは金のマスク付け腹部に食物詰められてあり

キャプテン

真っ直ぐにサーブが入り外れない　少年の性格バレーボールにも

下級生の校則違反を叱られてキャプテン踏ん張る部員は仲間

風速二十五メートル江戸川渡れぬ常磐線知恵絞り行く期末テストの子は

上手くなったな他校の監督に言われたと大会終えて子はシューズ洗う

バレー部のキャプテンになりし少年のユニフォーム干すぴんと伸ばして

雨の神のレプリカ買いぬ窓の辺に置けばはるかなアステカの風

父に習いし小太刀の技が知らず出て壁のゴキブリ潰さずに打つ

俺が　十五歳

五時の空今日は晴れなり手が先に動きて作る弁当ふたつ

剃刀持ち夫が風呂場に入りたり孫の髭そりか笑い声する

俺が守ってやるからと少年は言う未だ十五歳の危うさにいて

サーブ打つあれは家《うち》の子構えし手が大きく見える眼鏡が光り

台風の去りし朝空にふき上がる噴水白し鳩が舞いおり

喧嘩しない人ねと友はわれを言う苦いよそれは逃げているだけ

誕生日が私と同じ機関車が釧路駅前に在ると娘のメール来る

啄木はいい先生でありしとう旧渋民小学校の小さきオルガン

雨に臭う鹿の体に触れながらわれより短き命を思う

亡き父の大き手のひら思い出すその手に打たれしこと一度ある

じゃがいもの花が咲いたと作業衣の似合う笑顔で夫が言いぬ

母の匂い肩にまといて渡りゆく命日の朝のレインボーブリッジ

翡翠色に茹でたる蕗の皮を剝く春の香の立つふるさとの蕗

蓋されし夏の古井戸　五十年母は居らざりこの裏庭に

ひと匙のざらめを噛めばざりざりと貧しき戦後の音になりゆく

子と孫の名前違えて呼ぶ姑《はは》を笑いしがこの頃われもあぶない

茂吉の声

ボタン押すと茂吉の声が歌を読む繰り返し繰り返し読まされて

祖父よりも静かな人か茂一さんは茂吉似の顔で口を開かず

老いてゆく私をわたしが眺めいる親の齢より永らう日々を

法衣の襞しなやかに垂り日光菩薩月光菩薩の足首太き

美少年の阿修羅に向きて佇みぬしばしを過去世の少女のごとく

スピノサウルスの歯の化石より型とりし化石チョコレートわが歯に砕く

ゆっさゆさ風の量にて揺れる葉を窓に見ている古稀が近づく

薄紅の山茶花咲けりさざんかは一重が好きと言いし母はも

向き合いて碁を打ちており気がつけば夫の石に囲まれていつ

この家に二人居るのも慣れきたり家事の分量変わらぬままに

良いところのみをうたえば幸せなおばあちゃんになる腕振り歩く

届きたる野菜の上に半纏のありて二行の姉の文あり

水晶の小さき十字架置かれあり閉館となる立原道造記念館

青きあさがお

若き日は生徒に大車輪見せし兄カテーテルの治療受け生き返りたり

壁一面本の並びし兄の書斎子供のわれの遊び場だった

人工呼吸器つけられし兄ただ眠る言い残すことないの兄さん

五十八花の青きあさがおに見送らる兄の葬儀に向かう朝を

一人息子を迎えに来たのか九月十七日父の命日が兄の通夜なり

長かった睫毛が綺麗に下瞼に並んでいたり柩の兄の

悪い子の話をじっくり聞いてくれる先生だったと教え子言えり

呼びかけても「おう」と答える声のなく遺影の兄のわずか微笑む

スカイツリー車窓に遠く眺めつつ初冬夕べの江戸川渡る

兄ならばカメラを向けむ納骨の済みて仰ぎぬ十月桜

昏れ残る空に聳える富士のあり兄の写したような黒富士

長きこと兄さんありがとう今年から正月の餅は自分で買います

銀水引白くそよぎて暮れむとす庭を横切る秋の野良猫

冬瓜の透きゆくまでを煮ておりぬ永井陽子の歌思いつつ

カナダより　十六歳

別に住む息子の子どもは悠哉と和香

少女らしくなりて和香《のどか》は十二歳ふみこバーバとわれを呼ぶなり

ファゴットを吹くという悠哉《ゆうや》男子なれば大きな楽器を宛がわれ

女装してソロ演奏した文化祭　聞きたかったよ悠哉のファゴット

一人子の礼《あきら》は従兄と楽しげに若者言葉で会話している

母親の出張長く常よりも神妙な子に好物作る

少年の足の巻爪切りてやる異形なれども若き艶あり

家に出す葉書の宛名どう書くの夏のカナダより少年のメール

「いい子ですよ」河野先生の一言にわが孫育て救われている

振込みの額多ければにこやかに確かめらるる銀行窓口

『S坂』は白く描かれ勢いあり明るい方へ登れるような

ビル風が補聴器鳴らす天空に漂う諸声伴いながら

家族より一段高く祖父は座り箱膳で食せり死ぬまで家長

父逝きし七十歳にわれもなり歌に詠みおかんこれからの私

あと何年生きられるだろうわが国に未踏の県が十ほど残る

牧水の祖父は埼玉の人と知るちょっと嬉しい関東人われ

牧水の牧は母の名「まき」なりと牧水展に二度足運ぶ

空ながめ不調の時は動かないもう七十年も生きたのだから

カクレミノの木

予科練の生き残りなる義兄の枢桜の下ゆく姉に添われて

小学校四年生のとき義兄となり私の作文ほめてくれたり

夫に呼ばれ並んで眺むる大き虹何年ぶりだろう虹を見るのは

徒歩二分に葬儀社ありて死者の名の今日も書きあり何時かわが名も

地球廻る自転車の歌詠みし友自死を選びて風になりたり

鬢油におうと見れば礼をせり育ち盛りの髷なき力士

パラソルに止まりし蟬と共にゆく秋めく風の川沿いの道

天狗の文鎮われの手に乗せ老い人は君とは同郷良き歌詠めと

子規の絵のような糸瓜が五六本垂りおり畳に座りて見上ぐ

柔らかき葉擦れの音する子規庵の庭隅にあるカクレミノの木

めった切りされて書き直す物語に少しずつ立ち上がる登場人物

死ぬ時はこれが食べたい夫が言う卵たっぷりのゴーヤーチャンプルー

「願はくは」　　　　　十七歳

荒れた手に黙って薬を塗っているバレー部部長は革アレルギー

「願はくは」少年の声聞こえ来る明日は苦手な古典のテスト

孫育ては祈りに似たり道の端の草の花にもその子重なる

肩に触れ散り来し桐の花匂う父母の墓参に向かう朝に

街川にカワセミ見たり傘さしてぼんやり立ちいし霜月の朝

われの歌集ひとに見せては長の姉「この子は私が育てたんよ」

風呂上がりに半纏を着る縫いくれし姉は歌詠むわれを喜ぶ

愛子という名前だったか向い家の奥さん逝きぬ同年なりき

南瓜食べ柚子湯に入るこの一年われに優しかりし人四たり逝く

アメリカに行ってしまった花音《ケオン》ちゃん『はらぺこあおむし』鞄に入れて

コスモスの花

めったには乗らぬ車の上に咲く辛夷満開　余震が散らす

何となく庭のコスモス見に立ちぬ八月十六日夕べ風あり

児童書が肌に合うとう宮崎駿じかに話を聞いてみたい人

水の辺に青鷺一羽静かなり時に美し冠羽《かんう》ゆらせて

目覚めれば雪降りており両の手を延べて受け取る誕生日の雪

幼きより我が家に遊びによく来たる姪の逝きたり五十八歳なり

高校もわれの後輩名簿繰れば生者のままにその名のありぬ

母の名で投稿しようか早世の母の残しし歌ノートある

昭和二十一年われの小二の写真あり裸足の子あり先生は下駄履き

お互いに傘を傾けすれ違う二月の雪のはらうぐ路地に

機嫌よく夫送り出し家ひとつ一人占めすれば亡き父母が来る

定期健診済みて緩びし心もてやがて北帰の白鳥を見る

愁い帯ぶる鐘の音ひびきわが街の暮色は寺より広がりてゆく

はっきりと苦言をするのは下の姉されど一番われに優しき

製図引き型紙おこし服を縫う幾度せしか皺む手を見る

絵柄のムーミン

「つっぺった」とふいに夫言い笑い出す故郷弁が老いて出で来る

老眼鏡かけてしみじみ眺めたり我が家に初めて咲ける紫陽花

マグカップに氷入れ置けばつぶつぶと汗をかきおり絵柄のムーミン

紙風船の形しており風船かずら手触るれば頼りなきほど柔き

飛ばされて帽子は川を流れゆくつばの広さが好きだったのに

残されし千石緑地にひそと立つ江戸の名残りの椋の大木

八十四歳の姉の作りし古代米うす茶にふっくら炊きあがりたり

旅の街は通り一遍、暮らしたる街は歩みつつつふと涙ぐむ

尾を上げて猫がゆっくり歩き行く湖の岸辺の舟の傍ら

亡き兄の植えた蜜柑と送りくれし義姉のこころを戴く冬夜

ニキビ

十八歳

無花果の向こうに消える少年を北の小窓に今朝も見送る

雨音を傘に聞きつつ街をゆく少年は今ごろ模試受けている

鼻の頭に大きなニキビ一つ乗せ受験のプレッシャーと闘う高三

祖父に似て湿った駄洒落いいながらわが肩を揉む十八歳の指

頭の上に明治の妖怪が付いている孫が言うなりわが物言いに

自転車にひらりと乗りて夫が行く借地畑のじゃがいも掘りに

十姉妹《じゅうしまつ》を飼っていたのよ姉は言う幼き日のこと昭和の初期の

戦争末期登校前の朝月をさして MOON と兄は教えし

順番は変えられなくて二十四歳の母に抱かれし姉を羨《とも》しむ

気温高き夏の名古屋の予報見る息子は単身赴任四年目

納沙布

ラワン蕗の葉の大きさやバス道の両側にあり阿寒へ向かう

啄木の歌碑のめぐりにほのぼのと白つめ草の花がそよげり

啄木の見しは冬海　八月の釧路の夜の海を見下ろす

四時半の釧路の日の出海原に真白く大き船浮かぶ見ゆ

ゆっくりと風車は回り納沙布《のさっぷ》の緑の平原は雲に繋がる

国境のブイの向こうに青霞むロシアが見ゆる切り岸に立つ

来週はもうストーブだと納沙布のバス停に声す八月半ば

辛夷咲くらむ

癌告知一人で受けて帰り来し娘泣かざり、子の母なれば

受験生の孫に隠れてこそこそと手術日のこと相談するなり

乳癌とう厳めしき病名告げられし娘のその時を如何にかと思う

病む娘に代わりて受験の子を守る手落ち無きように気を引き締めて

仕事始め今日は晴れおり入院まで娘は通勤す職業人なり

娘《こ》の健康戻る頃には百蝶の舞い降りしごと辛夷咲くらむ

器用そうな細き指なる執刀医に祈りを込めて娘を託す

暗みゆく枯れ色の森眺めおり手術室の娘は今たたかっている

癌センターはどこも静かで人多しいのちのふちを歩むひとたち

咲き初めし梅の花見ゆ立春の癌センター行きのバスの窓より

少し元気になりし娘を見て帰るバスにうっかり眠ってしまう

父と母、兄も癌にて逝きたりしわが癌家系は娘に及ぶ

リンパまでいけば生存率は減ると言い後をよろしくなどと言うな娘よ

「この半年が勝負ですね」と医師は言いしと治療を受けて生きよ娘よ

癌を病む人には見えぬ正装の娘の首に真珠がひかる

ようやくに庭の辛夷の花が咲く抗癌剤に娘苦しむ

花見の人あまた歩ける川縁《ふち》を不幸などなき顔をして行く

簡単には死なないからねと娘の真顔、当たり前でしょ睨む私

祖母われの長生きのため笑わせると言いつつニキビの顔が近づく

我儘を言わぬこの子の悲しみを裡に受け止め慰め云わぬ

サクラアイス　　十九歳

寒の月見れば杳《はる》かな父思う月下の庭で剣教えらる

自分の身は自分で守れと父は言い少女のわれに剣を教えき

五十回目の雛人形飾る　天の父も娘の治癒を祈りておらむ

狭い家でも飾れるようにとケース入りの十五人雛父は背負いて

最後の弁当ありがとう深々と頭を下げて孫に言わるる

合格の時のためにと買い置きしサクラアイスの今日出番なり

茶道部の部長になったとメールあり高二の女の孫その母に似る

四国には行けないからと東京の札所巡りの娘に付き合う

ビルの中の札所もありて探し探し今日は七か所二万歩あるく

定年になるまでお弁当を作ってと娘言うなり言えて良かった

伊藤左千夫の墓にお参り出来たこと今日の喜びお遍路みちに

小さな虹

亀たちが平たく泳ぐ街川に沿いて歩めり秋風立ちぬ

仲秋の名月ひとり見ておればどこかの猫が庭に入り来し

夕べの鐘の音の響ける路地をゆくわが前歩く猫につづきて

鯉か鮒か銀色の魚を鵜は銜え器用に縦に飲み込みにけり

家の裏で人声すると覗き見れば無花果を啄むカラスが数羽

日本橋銀座赤坂三軒茶屋母は語りき昭和の初期を

母の着物で姉が縫いくれし半纏を羽織れば杳き母の匂いす

博物館の剝製のハチ公は白毛なりずっと立ちおり忠犬のまま

うっすらと眉が生えきて娘の顔に生気戻りて口数増えし

ちひろの絵のカレンダー師より届きたり童話教室長く休めば

冬眠に入りしか亀の姿なく嘴するどき鵜が二羽泳ぐ

上州うどん買いきて温き昼餉にす同郷なれば夫ほうと言う

ノイシュヴァンシュタイン城の絵を見上ぐ娘と行きしは統一の年

カレンダーにドイツの城の絵のありぬ浮かび来にけり娘との旅

鷗外の歩いた街に焼き栗を買いて食みたりドイツの味と

東西の違いを見たり美しき西ベルリンと弾痕残る東

ふきのとうに俳句が一句添えられて八十六歳の姉より届く

冷蔵庫に朝日がさして反射光は床に小さな虹を映せり

赤とんぼ

『わがリルケ』読みつつ思う知らずして高安国世に触れいし若き日

鎌倉にて祈禱して来しと癌封じのお守り弟は姉に手渡す

伯母ちゃんの心づくしと少しずつ娘は初ものの西瓜を食す

中庭に向きて久々の外食す抜け髪の娘と帽子のままで

登下校に日ごと見ていし浅間山の歌読めば浮かび来る四季の山肌

霧雨が傘の下まで濡らすから覚め際の夢のつづきを思う

抗癌剤の副作用激し髪も眉も睫毛も無き娘がうすく笑みおり

メルヘンという名のカボチャ穫れたよと夫に渡さる小ぶりの南瓜

久しぶりに流山線に乗るわが街をコトコト走るローカル電車

流山は近藤勇の捕われし地にて幕末を身近に思う

一人きりの夫の姉逝く良い声で「美しき青きドナウ」を歌いしよ

気温二度昨日より低き川沿いをツクツクボウシ聴きつつ歩く

合歓の花いつ散りたるやゆるゆるとピンクの帯が川面流るる

父母が一番幸せに暮らしし地世田谷の街をわれも闊歩す

赤とんぼがすいーとわれを越し行けり娘の抗癌剤治療の終わる

昭和三年三越で買いしとう母のショール長姉に貰いぬ母の匂いも

しろたえの富士遠く見ゆ強力より速く登りし若き父はも

スーパームーン　　二十歳

ベルトの穴二つあけやる入学時より二センチ締まりぬ孫のウエスト

孫の煎れるコーヒー旨し実験のように時間と分量正確にして

ハンカチの木の花見むと夫と行く電車とバスに二十分乗り

草木の花盛りにてキャンパスは市民の散歩に開放されおり

学生に交じりて夫と学食のランチを食べる庭眺めつつ

良かったと云えば娘も見に行けりハンカチの花となんじゃもんじゃの花

長生きを望みはせぬが娘の治癒を見届けたいと願うこのごろ

また一つ老人施設が建ち上がり老人ばかりが増えるこの街

白蓮《びゃくれん》の直筆美し白髪になりし写真もまた美しき

宝仙寺は十二番札所、小高賢の葬儀ありし寺なり長く手を合わす

高窓に朝焼け見えて仄明るし合宿終えて孫の帰る日

スーパームーン母の分まで見上げいる母われ娘の三代卯年

祝い事、香典の額、種まきの日、几帳面に記さる父のノートは

女の子のような鷗外の幼児期の写真を見つつ『舞姫』思う

手作りの味噌の御《お》御《み》御《お》付けつくりたり家族そろいし台風の夜に

杉並区にわが町と同名あるを知り訪ねれば在り馬橋神社が

お手玉

傘の柄で引っかけ採りしカラスウリ庭に埋めて芽生えを待たむ

お手玉で体と脳の老いに勝てとテレビの中より専門家いう

お手玉は大の得意よ蜜柑でも檸檬でも出来る三つ操り

二年ぶりに童話が書けた娘の病気で途絶えた童心戻りたるらし

柴犬のサブのいた庭知る人かサブちゃん家《ち》だという声のする

鉢植えのレモンの十個黄に染まり庭にまどかな明るさに垂る

繭で作ったピンクと白の花ふたつ食卓におく姉の手作り

小さき小さき千個の鶴を姉は折りわれの娘の完治祈ると

姉の作りしお手玉みっつ両の手に操ればば子供の頃に戻れり

八十七歳の姉の手仕事に感服す手編みの帽子われと娘に

陸橋の上に眺むる浮雲にふるさとの山に似る形あり

この街に住むのはどんな人達か麻布十番歩みつつ思う

彼岸花

二十一歳

愛称イーダ霊長類化石に眼を凝らすひとり真夏の博物館に

ガラス板隔てて猿人の足跡とわが足比べる子らに混じりて

東京都は教職単位に介護実習義務づけたり孫は一週間施設に通う

介護実習の孫が聞きおりおじいちゃんの子供の頃の戦時下のこと

「ごんしゃん」はお嬢さんのこと白秋の詩の中に咲く彼岸花

九州に暮らしし日々が時を経て伏流水のごとく浮き来る

話すロボット

東京の札所めぐりも七十余今日は新井薬師寺参り

故郷の新田氏と新井薬師との繋がりを知りて夫と驚く

もっと老いたら話すロボットを買おう人形を抱いて育ちし私

病気の娘にいやみ言う奴許すまじ神社に祈る大鈴鳴らし

ふるさとは遠くにありて思うもの本当にそうだと老いて思えり

七十歳で逝きし父より永らえて父の寡黙のただ懐かしき

石神井公園三宝池にじっと立つ青鷺にふる桜はなびら

札所めぐりのどのお寺にも桜咲き花のふぶきを浴びて佇む

足跡のような短歌を日々つくり虚ろな心支えて生きる

夫でなく子でなく母を思うなり心弱りし雨の夕べは

母の手の温さを今も覚えおり二十歳の春はすでに母なく

ゲゲゲの鬼太郎

病む前の娘に贈られし鉢植えのカーネーションに今年の蕾

〆切の迫れば三人なんとなく口数少なくそそくさと散る

十頭のキリンがいたり高所より見れば親子の一組もおり

剝製のカンカンとランランにはっとする生きて動きしを見し眼にて

紫陽花は母の花にて軒先に淡き藍色の花毬ゆるる

深大寺の広き境内歩み行けばゲゲゲの鬼太郎とすれ違いたり

水田に子鴨三羽を遊ばせる母鴨いたりそっと覗きぬ

傘の内にトンボ来ており一人歩むわれに付き合うように止まりて

葉の色に戻りし紫陽花散らずしてこの世を惜しむ老女のごとし

蟬しぐれ降る下道を歩みゆく終戦の日も蟬は鳴きしか

物ごころ付きし六歳は覚えおり昭和二十年八月十五日を

わが町にキャンプのありて軍服のアメリカ兵が街中に居た

言葉通じぬアメリカの子らと野球したと子供の頃を夫は語る

鶴見氏のエッセイの中にひっそりと溶け込むように娘の歌一首

若くして癌に逝きたる母思う永らえばいい歌を詠みしか

虚弱児のわれが喜寿まで元気だと伝えたし早く世を去りし母に

あいつ

その日、ぼくは日直だった。いつも途中までいっしょに帰る良君が、先に教室を出て、廊下でぼくを待っていてくれた。

ぼくが日直の仕事を急いで終わらせて廊下に出ると、隣のクラスのあいつが良君の袖をつかんで意地悪をしていた。あいつは評判のいじめっ子だ。良君はぼくのクラスでは強い方だ。その良君が嫌がっている。ぼくは弱虫だけど、勇気を出してあいつの服を引っ張って良君をかばった。

「なんだよっ、こいつ」

あいつがすごい顔でぼくをにらんだ。「あっ、やられる」と思った時はおそかった。

がーん。

あいつのパンチが僕の顔にとんできた。つづいてぼこぼこときた。次には足をけられた。ぼくはこわくて声を出すことも出来なくされるままになってしまった。痛いのとくやしいのがごちゃごちゃになって泣いてしまった。良君も泣いたので、あいつはふんという顔をしてすたすた行ってしまった。


家に帰ると、あいつにやられたくやしさがこみあげてきて、また涙がこぼれた。

「どうしたの」

おばあちゃんが驚いて聞いた。

「あのね、良君が隣のクラスのやつにいじめられていたから、ぼくかばったの。そしたら、ぼこぼこにやられちゃったの」

そこまでいうと、うえーんと声が出てしまった。そして泣きながらいった。

「明日、学校へ行ったら、あいつをやっつけてやる」

おばあちゃんは困った顔で、

「だってその子、良君より強いんでしょ。そんなことをしたら、またやられるわよ。それより、あきらくんがもっと強くなることよ。でも、友達をかばったのはえらかったわね。おやつでも食べて落ち着きなさい」

おやつを食べながら、やっぱりくやしくて涙がこぼれた。

夜、お母さんに今日の話をしたら、

「友達をかばったのは、えらかったわね。でも仕返しを考えるのは、あまりいいとは思わないわね。仕返しよりあきらくんが今習っている空手をもっと頑張って強くなったら、そのいじめっ子にも簡単にやられなくなるんじゃないかな」

「うん」

返事はしたものの、やっぱりくやしい。心の中で、あいつめ、あいつめとさけんだ。

「そうそう、お父さんが今アイスランドに長期出張して日本にいないから、ないしょで教えてあげる。実はね、お父さんも小学生のころ泣き虫で、とても弱虫だったらしいわよ」

お母さんが、ふふふと笑っていった。

「なあんだ、お父さんもか。うひひ」

なんだか胸がすっとした。

良君とは、あれからもっと仲良くなった。

良君の家は駅の向こう側。つまり学校に近い。ぼくの家は駅のこちら側。線路をまたぐ陸橋を渡ってから十分位歩く。学区のはしっこだ。良君は遠いぼくの家に、週に二回から三回遊びに来る。他の友達も陸橋を渡って遊びに来る。友達が来ると、おばあちゃんが、手作りのクッキーや飲み物を出してくれる。なかには、「今日おやつまだ？」なんていう子もいる。

おじいちゃんが家に居るときは、家の側の空き地でキャッチボールの相手をしてくれるので、友達がとても喜ぶ。家の中では皆でわいわいゲームをしたり、マンガを読んだりして遊ぶ。ぼくは一人っ子なので、友達が来てくれると、とっても楽しい。学校でも、ハンドベースをするとき、良君のチームに入れてもらう。良君のチームは上手な子が多くて強い。だからあまりうまくないぼくもいい気持ちになれる。

月曜と水曜は空手道場に行く。あいつにやられてから、前より熱心に稽古している。

この間の昇級試験で六級に合格してちょっとだけ自分に自信が持てた。

空手の六級に合格したりして、あいつへの気持ちが少しうすれてきたころだった。

いつものように良君と別れてから一人でのんき気に歩いていた時だった。児童公園のそばで、いきなり、どんと強くランドセルをたたかれた。おどろいて振り向くと、あいつが、にやっと笑って、ぼくのすぐ後ろにいた。

「やばい」ぼくはあわてて逃げようとした。だけど、あいつにジャンパーの袖をつかまれてしまった。

「泣けよ」

あいつがにやにやしながらいった。

「泣くもんか」

ぼくはがんばっていった。

「泣かしてやる」

あいつのこぶしがぼくの肩にとんできた。痛かった。だけど今日はがまんした。二つ、三つ。ぼくの目に涙がにじんできた。

その時、どこからか、おじいちゃんの声が聞こえたような気がした。

「やられたら、やり返せ」

おじいちゃんはいつもそういっている。

〔そうだ、ぼくはこの間、空手の六級に受かったのだ。突きとけりで板を二枚割ったのだ〕

ぼくの顔が赤くなるのがわかった。

〔こいつに一発返さなければ又やられる〕

ぼくは勇気を出して、あいつの手をふりはらった。そしてあいつの肩をどんと押した。あいつの体がぐらっとゆらいだ。ぼくは〔いまだ〕と思って、あいつの後ろにさっとまわった。

「こいつめっ」

大きな声でいうと、ランドセルの下のあいつの尻を思いっきりけった。

「痛てっ」

あいつのゆがんだ顔が振り向いた。ぼくは一目散に逃げた。走るのならあいつよりずっと速い。もう大丈夫という所で振り返ると、あいつの背中が小さく見えた。

「やったぁ、とうとうやった」

ぼくは頭のてっぺんから、足の先までしびれた。

ぼくは初めて人をけった。空手の技は、習っていない人には使ってはいけないと師範に言われている。

だけど今日は…。

おじいちゃんは何ていうだろう。お母さんは、おばあちゃんは。

ほてったほっぺたに風が少し痛かった。

四人

「あっ、シモムだ」

あきらは急いで受話器を取った。

「俺だけど、大丈夫か」

シモムは体調が悪くて学校を休んでいる。シモムの小さな声が呟くように言った。

「俺、二学期まで学校に行けない」

「えっ、まじ・・」

そんなに彼の病気は悪いのか。あきらの胸がきゅんとなった。

シモムとは一年生の時からの友達で、ずっと仲良くしている。クラスは違うけれど部活はバレー部でいつも一緒だ。

二年生の三学期の終わりごろだった。シモムは胸の痛みを訴えた。その時は、本人も皆も筋肉痛だろうと思い、少し休めばよくなると、軽く考えていた。

それが長期欠席とは。どんな病気なのか、どれ位重いのか、シモムの病名は生徒には知らされなかった。今も知らされていない。

あきらはシモムの病気のことは勿論、チームのことも心配になった。シモムはS中バレー部のエースアタッカーだ。

あきらの学年は、一年生の時から部員が四人しかいなかったので、体育館に居る時も、いつも四人で固まっていた。四人は何時しかお互いの名前の頭文字だけを呼び合うようになっていた。

練習を待っている時、下田が、ぼそっと言った。

「俺さあ、シモって呼ばれるの、やなんだよ。何かイメージ悪いじゃあない」

「そうかあ。俺はヤマでいいけど。たしかに、シモはね。じゃあ、下田のシモと名前の宗彦のムでシモムってのはどうかな」

山口がちょっと悪戯っぽく言った。

「それいいじゃん」

柴山が真面目に言った。

「いい、かっこいいよ」

あきらも賛成した。

「そうかなあ」

下田はまんざらでもなさそうだ。

「だけど俺だけじゃやだ。皆も名前の下にムを付けて、俺たち四人の呼び名にしようよ」

下田が皆の顔を一人ひとり順番に見た。

「そうだな、皆名前の下にムが付いていて、何かのグループみたいでかっこいいよね。俺は塩原だからシオムだな」

あきらがニキビの顔をほころばせた。

「俺はヤマムか、いいね」

山口がうんと頷いた。柴山も賛成して、たちまち四人はシモム、ヤマム、シバム、シオムになった。しかも、それは四人だけの間の秘密の呼び名にしようと決めた。

「おおう」

四人は拳と拳を合わせた。

「おーい、君たち、練習始めるぞ」

監督のI先生の声に皆立ち上がった。

「おまえら、さっきから何にやけているんだ」

高一の先輩に睨まれた。

「いいえ、なんでもありません」

あきらはあわてて言った。いいながら、ついにやりとしてしまった。ヤマムとシバムが下を向いて笑いをこらえている。シモムは横を向いてとぼけている。しかし、練習が始まると、いつものように皆真面目に練習に励んだ。

背の高いシモムは長身を生かして鋭いアタックを何度も繰り返した。

シバムは左利きを生かして相手の意表を突くアタックの練習をした。

一人だけ百六十五センチと背の低いのを気にして「でかくなりたい」と

いつも言っているヤマムはレシーブが上手く、床すれすれのボールもしなやかな動きで拾ってしまう。

セッターのあきらは他の三人に比べ、技術的に少し劣り、時にはミスをしてしまう。しかしサーブは上手い。だから自分のミスをカバーするためにも、指先が切れて血が出るほどサーブの練習をした。あきらのサーブはフローターサーブといって、無回転で相手は取りにくい。落ち着いて打てば、ほとんど外さない。高校生の先輩に厳しく教えてもらった。皆、春の大会に向けて、少しでも上手くなろうと各々の特技を生かせる練習をした。

中二の三学期が終わろうとしていた。シモムが病気になるなんてその時は誰も想像すらしなかった。

もうすぐ春合宿。四月下旬から五月上旬にかけて春の大会だ。あきらはキャプテンとして、シモムの抜けたチームをどうしたらちゃんとやれるのか、監督のI先生と相談しながらやるしかないと腹を決めた。

中高一貫校なので、部活や合宿、運動会、文化祭などの学校行事は高校生の主導で一緒にやる。

シモムの居ない春合宿は少ししまりがなく、二年生はだらけぎみだった。キャプテンのあきらがいくら注意をしても真面目に練習をやらなかった。新二年生は八人、新三年生は三人。バレーボールは六人制。試合の時は、二年生を三人入れて合同チームになる。余った二年生は「どうせ僕らは試合に出られない」という雰囲気があった。しかも、二年生はでかくて、上手い奴が揃っていた。監督のI先生はたとえ下手でも真面目に練習していれば上級生を試合に出す。それがこの学校のバレー部の伝統でもあった。

「おい、塩原、キャプテンがしっかりしめないから二年生がだらけているんだぞ。ワンマンやるからコートに入れ」

高一の先輩に言われてしまった。

「はい」

先輩の言うことは絶対なのだ。

ワンマンは先輩と一対一。先輩が籠の中のボールをばしばし打ってくる。そのボールを全部打ち返さなければならない。たった三分間だけれど、先輩の容赦なく打つボールのスピードについてゆくのは大変だ。

あきらは覚悟を決めてコートに立った。

コートがやけに広く見えた。二年生がコートの後に並んで見ている。その前であきらは必死に頑張った。しかし、先輩との力の差は歴然で、ワンマンの終わった時には立ち上がれない程だった。

「ありがとうございました」

先輩に挨拶をしてコートを出た。二年生も、黙ってぞろぞろつづいた。

「シオム、頑張ったなあ」

ヤマムとシバムが駆け寄って来た。

「シオム、何だそれ」

帰りかけた先輩が足を止めた。

「いいえ、ニックネームです」

あきらはすまして答えた。

「へえ、変なの。だけど、お前ら、妙に結束固いよなあ」

先輩は首を傾げながら帰って行った。三人は思わずにやりとして顔を見合わせた。

　後になって、二年生の一人が、ワンマンの事を親に話したらしく、

「塩原先輩はえらいんだよ。僕たちのせいでワンマンされたのに、ああ疲れたと言っただけで、僕たちに文句も言わなかった。キャプテンて大変だね」

その子のお母さんが話してくれたと、あきらの母さんが少し嬉しそうに教えてくれた。

ワンマンなんてどうってことない。それより、M区大会、ブロック大会を勝ち抜いて目標の都大会出場を決めることだ。そして、シモムに報告したい。あきらは強く思った。

春合宿から帰り、新学期が始まった。学校に行くと、新しい担任は英語のU先生だった。

「塩原君、下田君に渡すために君のノートをコピーするからそのつもりで」

U先生に言われた。シモムは同じクラスになっていた。U先生はまだ二年目の若い先生で去年、あきらのクラスの副担任だったので顔なじみだった。

ノートのコピーは全教科だそうで、大変だと思ったら、ふっとシモムの顔が浮かんだ。病気で学校に来られないシモムのためだ、しっかりノートをとらなければと思い直した。そして、春の大会を頑張ろうと思った。

試合の前の晩にシモムのお母さんから連絡があった。

「どうしても、息子が三人に電話すると言いますので、すみませんがその時間に、電話の近くに居てくだささい。病院からですのでよろしくお願いします」

あきらには一番先に電話があった。シモムの声は少し弱々しく感じられて心配になった。けれど、シモムはなかなか電話を切ろうとしなかった。

「都大会まで行けよな、そしたら俺、見に行けるかも知れないから、キャプテン、頑張れ」

「わかった。皆で頑張って、絶対勝って、都大会に出るから、約束するよ。シモムも病気を早く治せよ」

M区大会は二位。ブロック大会は苦戦つづきで二日目の残り試合にかけることになった。この試合に負けたら都大会出場はない。どうしても勝たなければならない。シモムと約束したのだから。

試合が始まった。サーブは一番キャプテンあきら。「落ち着け」あきらは自分に言った。

「いくぞ」

エイッ。

入った。サービスエースだ。この試合いけるかも。ふっと思った。ヤマムとシバムがものすごくいいプレイをしている。二年生も三年生の気迫に乗って、いつもよりずっと頑張っている。しかし相手も必死だ。最後まで厳しい展開となった。

一対一。三セット目。初めはリードしていたのに、どんどん追いつかれてとうとうデュース。勝つためにはあと二点取らなければならない。

サーブはあきら。一点は二年生の頑張りで何とか取れた。あと一点。あきらはサービスエースを狙わず、自分らしく真っ直ぐに打とうと決めた。息を深く吸い、静かに吐いて呼吸を整えた。

エイッ。

入った。

ラリーがつづく。両チームの応援の「がんばれ」「がんばれ」の声が会場に響く。

ヤマムが拾ってあきらがトスした。その時シバムがジャンプした。

バシッ。

鋭いボールが相手のコートの右サイドラインすれすれに落ちた。

決まった。

勝った。

五位タイだ。都大会に出られる。どうにか都大会出場を手にすることが出来た。これでシモムに報告できる。

あきらは嬉しさよりもシモムとの約束を果たせた安堵感で胸がいっぱい

になった。

試合の後、ヤマムが丸い顔をにこにこさせて傍にきた。

「最後にシオムにサーブが廻って来た時に俺は勝てると思ったよ。シオムは確実にサーブを入れるから安心して位置につけるんだよ。俺もレシーブ頑張ったけどさ」

ヤマムがいつもより真面目に言った。

「シオムがサーブだと落ち着いていられるんだよな。だから自分の力を思い切り出せるんだよ」

いつも静かなシバムが頬を紅潮させて言った。

シモムが一緒だったら、どんなに嬉しかっただろう。シモムの鮮やかなアタックが目に浮かんだ。三人は口には出さないが、各々シモムのことを思っていた。

今日の試合は、シモムの居ないチームの穴を二年生が頑張って埋めてくれた。あれ以来二年生もキャプテンの言うことを聞くようになった。時々はまだだれることはあるけれど。

「二年生、よく頑張ってくれてありがとう」

あきらは二年生に声をかけた。監督のI先生が、負けた試合の時でさえ、生徒に「今日はありがとう」と声をかけてくれるように。

応援してくれたお父さん、お母さんの前に一列に並び、キャプテンの合図で一同、礼。

「ありがとうございました」

きちんとお礼を言って解散した。

シモムは今、病院にいる。こちらからは電話できない。シモムのお母さんに、うちの母さんからメールしてもらおう。そして、シモムに伝えてもらおう。

「シモムの電話のパワーをもらって勝てたよ。約束の都大会出場決めたよ」と。

この間、シモムのお母さんから電話があったそうで、

「塩原君のノートのコピーで、息子は病院内の学校で勉強しています。息子はノートのコピーを通して友達とつながっているような気がして嬉しいようです。ありがとうございます。これからもよろしくお願いします」

下田君のお母さんがおっしゃったと、担任のU先生が伝えてくれた。

あきらは暗くなりかけた空を見上げた。立ち並ぶ高いビルを縁取るようにオレンジ色の雲が細く輝いている。

「秋の大会は、絶対一緒に試合に出ようよ」

心の中でシモムに言った。シモムの病気が一日も早く良くなるように祈りながら。

ずっしりと重いスポーツバックを疲れた肩に担ぎなおして、あきらは駅に向かって歩き出した。

あとがき

第一歌集『秋の麒麟』から十一年経ち私は喜寿になりました。娘に喜寿の記念に歌集を作ろうと勧められ、第二歌集『銀色の「1」』を作ることにしました。大学生の孫が十一年分の歌を入力してくれました。娘も歌の配置を考える手伝いをしてくれました。私一人ではとても出来ない作業でした。タイトルはあまりにも孫の歌が多かったので、孫の中高時代にキャプテンを務めたバレー部のユニフォームの『銀色の「1」』にしました。多分最後の歌集になると思いますので、いろいろなことが思い出されます。

まだ塔に入ってない頃でした。孫の子守りで行った全国大会で、いきなり娘に、河野裕子先生に紹介されてどきまぎしてしまい、言葉が出ないでいると、先生は「いつもお留守番していただいて」とおっしゃいました。その時の美しいお声と、入り立ての会員のことまで把握していらっしゃることに驚いたことを思い出しました。憧れていた河野先生にお会いできて、とても嬉しかったです。

この歌集を作るにあたっては花山多佳子先生に原稿を見て頂き、ていねいな助言と帯文も頂きました。また装丁は前の歌集の時、素敵な装丁をして下さった花山周子さんにお願いしました。お二人に心からお礼を申しあげます。

塔の吉川宏志さん、永田和宏先生、選者の先生方、いつもありがとうございます。また、塔の会員の皆様に私の拙い歌をお読み頂きありがとうございます。

この歌集に童話を二話入れました。私が書くものは生活童話です。主に孫の成長記を書いています。この二話は孫が頑張って特に成長した時のものです。孫の歌に合わせました。

最後になりましたが青磁社の永田淳さんに大変お世話になりました。心よりお礼申しあげます。

平成二十八年三月

須藤　富美子

塔21世紀叢書第285篇

歌集 銀色の「1」

初版発行日 二〇一六年六月十七日
著 者 須藤冨美子
千葉県松戸市馬橋二八三二（〒二七一―〇〇五一）
定 価 二五〇〇円
発行者 永田 淳
発行所 青磁社
京都市北区上賀茂豊田町四〇―一（〒六〇三―八〇四五）
電話 〇七五―七〇五―二八三八
振替 〇〇九四〇―二―一二四二二四
http://www3.osk.3web.ne.jp/~seijisya/
装 幀 花山周子
印刷・製本 創栄図書印刷

ISBN978-4-86198-342-9 C0092 ¥2500E